Où est ma fille?

Christy Jordan-Fenton et Margaret Pokiak-Fenton
Illustrations de Gabrielle Grimard
Texte français d'Isabelle Allard

Margaret et ses parents, autour de 1937

SCHOLASTIC

C'était comme si les ailes d'un millier d'oiseaux battaient dans mon cœur, me propulsant vers ma famille. J'ai sauté du bateau et couru vers ma mère.

Son visage est demeuré de pierre.

— Pas ma fille! a-t-elle crié dans le peu d'anglais qu'elle connaissait.

Les oiseaux dans mon cœur sont tombés de leur ciel.

J'ai aperçu mon reflet dans les yeux sévères de ma mère. Les longues nattes qu'elle tressait auparavant avec amour avaient été coupées, ainsi que tout ce qu'elle connaissait de moi.

J'étais plus grande et amaigrie après deux ans de corvées pénibles et de repas frugaux à l'école des étrangers.

Quand j'étais partie à Aklavik, je n'avais que huit ans. Maintenant, j'en avais dix. Entretemps, j'avais appris à additionner des nombres et à lire des livres. J'avais de bonnes manières à table et je savais quand dire mes prières. Je pouvais parler anglais et français. Mais je ne me souvenais plus des mots de ma propre langue pour dire à ma mère que j'étais bien *sa fille.*

— Pas ma fille!

Ses mots ont résonné comme un coup de règle sur un pupitre.

Je me suis tournée vers mes sœurs et mon frère. Ils m'ont regardée sans rien dire.

J'ai voulu m'enfuir, mais mon père m'a serrée dans ses bras.

— Olemaun, a-t-il chuchoté.

Je n'avais pas entendu mon nom inuit depuis si longtemps que j'ai cru qu'il se brisait comme une coquille d'œuf sous le poids de la voix de mon père. À l'école, on m'appelait seulement par mon nom chrétien, Margaret. J'ai enfoui la tête dans le parka enfumé de mon père, le trempant de mes larmes. J'ai senti un contact plus léger que l'étreinte puissante de mon père quand les bras de ma mère se sont joints aux siens. Ensemble, ils m'ont gardée à l'abri entre eux.

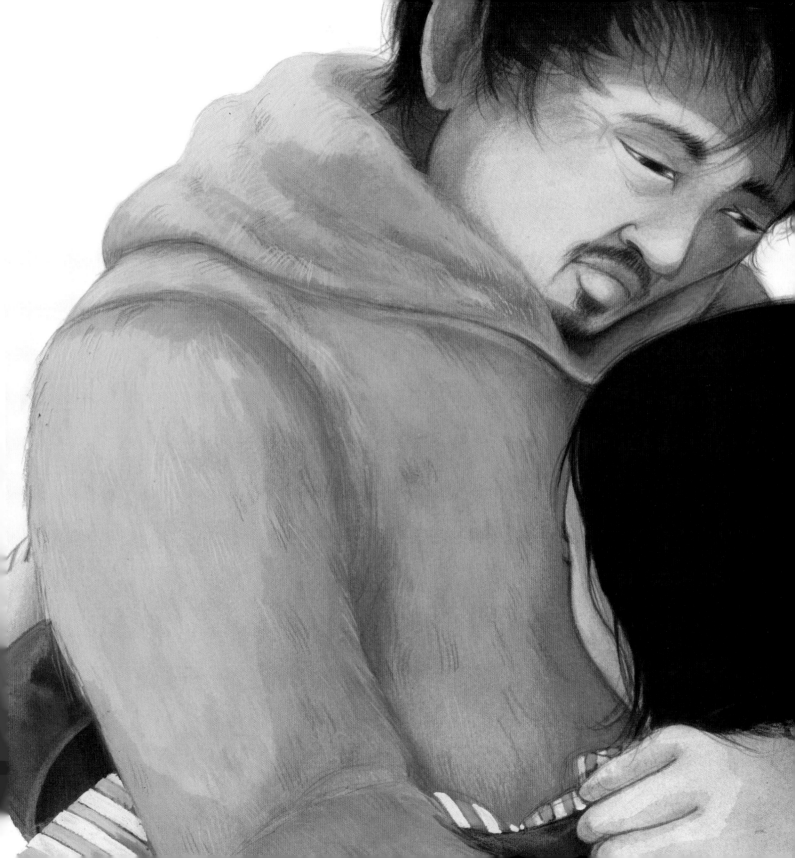

Nous serions restés ainsi pour toujours si mon estomac n'avait pas gargouillé! Heureusement, ma mère avait apporté mes aliments préférés : de la graisse de baleine, le *muktuk*, et du poisson séché, le *pipsi*. Finis le gruau, la soupe au chou ou le rat musqué qu'on nous servait à l'école.

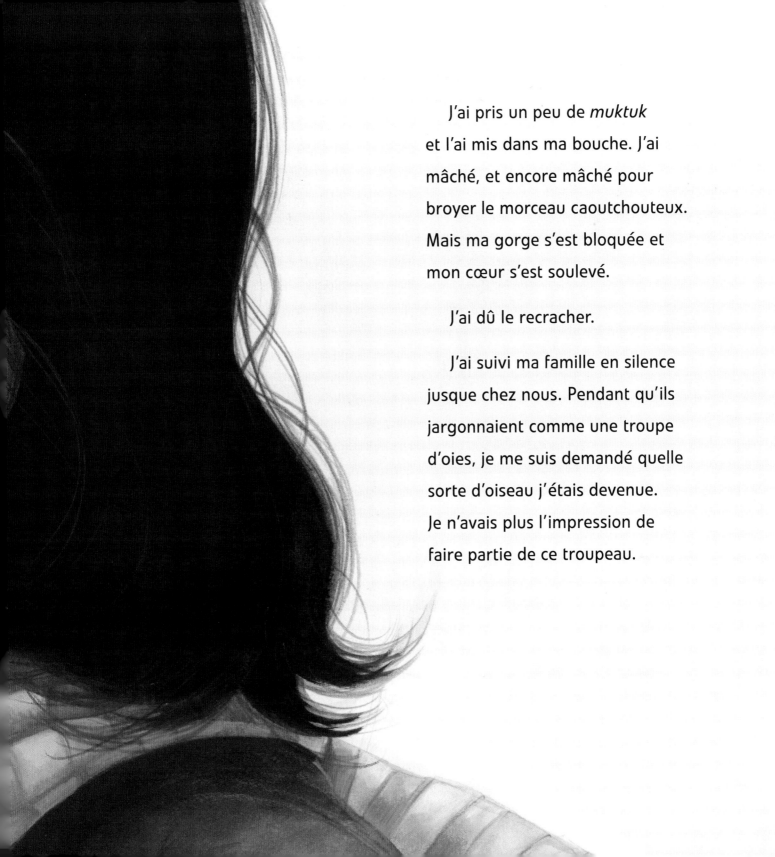

J'ai pris un peu de *muktuk* et l'ai mis dans ma bouche. J'ai mâché, et encore mâché pour broyer le morceau caoutchouteux. Mais ma gorge s'est bloquée et mon cœur s'est soulevé.

J'ai dû le recracher.

J'ai suivi ma famille en silence jusque chez nous. Pendant qu'ils jargonnaient comme une troupe d'oies, je me suis demandé quelle sorte d'oiseau j'étais devenue. Je n'avais plus l'impression de faire partie de ce troupeau.

En approchant de notre tente, j'ai aperçu les chiens de traîneau de mon père! J'ai couru vers une chienne, mais elle a bondi vers moi en claquant férocement des mâchoires.

— Attends d'avoir retrouvé notre odeur, Olemaun, a dit mon père pour me rassurer, en utilisant l'anglais qu'il avait appris plus jeune dans une école d'étrangers.

Les premières semaines chez moi ont été difficiles. Je ne pouvais pas manger la nourriture que préparait ma mère. Mon père devait traduire à peu près tout. Et j'avais perdu ma capacité de me rendre utile.

Je ne savais plus comment installer des pièges, dépouiller des lièvres ou plumer des oies. Je savais comment réciter des vers et faire mon lit, mais ces habiletés n'aidaient pas à nourrir ma famille. J'aurais voulu que ma sœur aînée ne soit pas partie. Elle aussi avait fréquenté une école d'étrangers. Elle aurait compris à quel point il était difficile de revenir chez soi en tant qu'étrangère.

Un jour, j'ai emmêlé un filet à poissons, et ma mère m'a fait signe d'aller jouer.

J'ai couru vers la maison d'Agnès, ma meilleure amie de l'école. Je voulais lui demander d'aller chercher des œufs d'oie avec moi. Nous adorions en manger, toutes les deux.

Sa mère m'a accueillie à la porte avec un regard sévère. Agnès est venue la rejoindre.

— Mes parents disent que je suis une étrangère, maintenant. Ils ne veulent pas que je joue avec d'autres enfants de l'école, a dit timidement Agnès avant de refermer la porte.

Agnès était ma seule amie. Ses paroles m'ont blessée presque aussi profondément que celles de ma mère disant : « Pas ma fille. »

Affamée et déçue, je suis rentrée chez moi.
Un chien a bondi à mon approche. Afin de
vérifier si j'étais toujours une étrangère, j'ai
tendu la main. Le chien a grogné et fait claquer
ses dents pointues, manquant de me couper les
doigts. Je me suis réfugiée dans un coin de la
tente et me suis plongée dans mon livre préféré
en attendant le retour de ma famille.

Mes sœurs avaient attrapé plusieurs poissons, ce qui m'a rendue jalouse. Puis ma mère a placé son *ulu* dans mes mains. Elle a guidé le couteau le long du ventre du poisson, me montrant patiemment comment le vider.

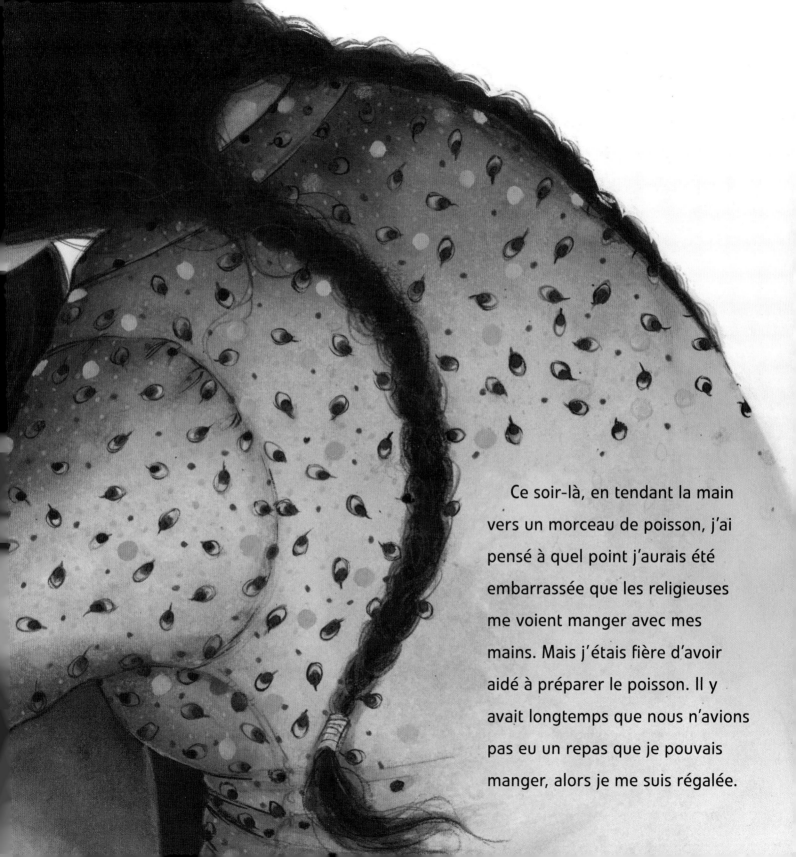

Ce soir-là, en tendant la main vers un morceau de poisson, j'ai pensé à quel point j'aurais été embarrassée que les religieuses me voient manger avec mes mains. Mais j'étais fière d'avoir aidé à préparer le poisson. Il y avait longtemps que nous n'avions pas eu un repas que je pouvais manger, alors je me suis régalée.

Quand l'air est redevenu froid, une des chiennes a eu une portée de chiots. Agnès allait les adorer!

J'avais réappris de nombreux mots de mon peuple, alors j'ai décidé de retourner la voir. J'ai pris un des chiots et l'ai attaché à l'arrière de mon parka comme un bébé.

Ma main tremblait en frappant à la porte. Personne n'a répondu. Après une longue attente, j'ai abandonné. Je suis allée sur la plage pour jouer avec le chiot. Je lui ai chanté des chansons que j'avais apprises à l'école.

Lorsque je suis rentrée chez moi pour souper, je me suis empressée d'enlever mon parka, en oubliant le chiot. Mon père a bondi pour l'attraper juste avant qu'il ne tombe par terre.

— Olemaun! a crié ma mère.

En voyant le petit corps presque inerte du chiot, j'ai été remplie de remords.

— Depuis quand as-tu ce chiot? a demandé mon père.

J'ai haussé les épaules.

— Depuis ce matin.

Mon père s'est agenouillé.

— Olemaun, les chiots ont besoin du lait de leur mère.

— Va-t-il mourir? ai-je demandé.

— Je ne sais pas, a répondu mon père avec tristesse.

C'en était trop. J'ai tourné les talons et
me suis enfuie dans la nuit, vers les frondes
iridescentes des aurores boréales qui dansaient
dans le ciel. Ma grand-mère m'avait dit un jour
que si je sifflais, leurs vrilles s'étireraient vers la
terre et m'emporteraient. J'ai sifflé jusqu'à avoir
mal aux lèvres, mais elles m'ont ignorée.

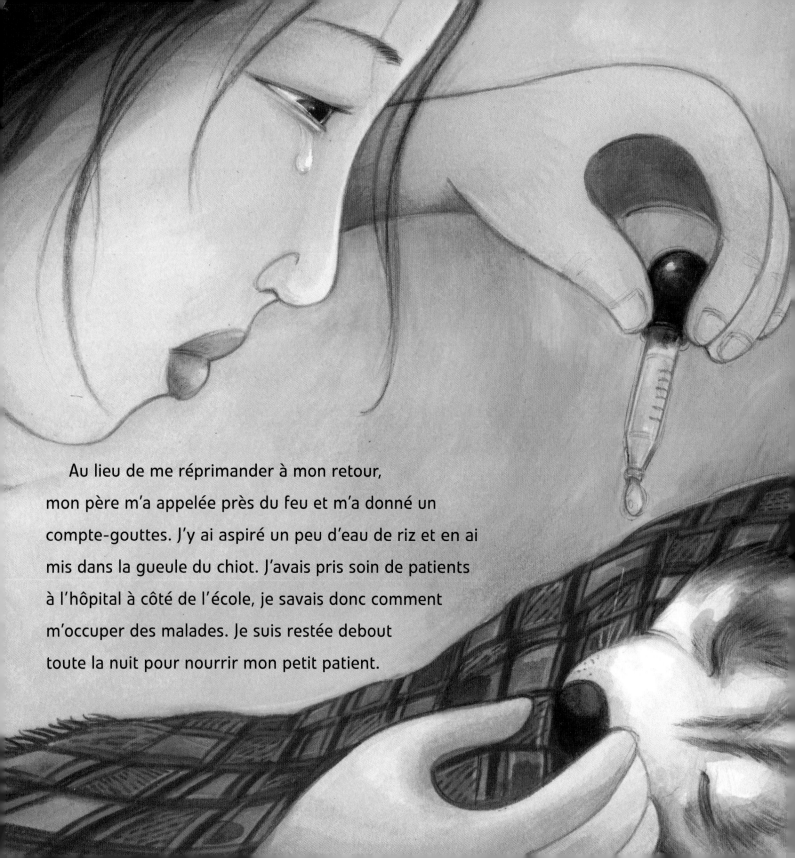

Au lieu de me réprimander à mon retour,
mon père m'a appelée près du feu et m'a donné un
compte-gouttes. J'y ai aspiré un peu d'eau de riz et en ai
mis dans la gueule du chiot. J'avais pris soin de patients
à l'hôpital à côté de l'école, je savais donc comment
m'occuper des malades. Je suis restée debout
toute la nuit pour nourrir mon petit patient.

Le matin, nous avons apporté le chiot dehors.
Au début, sa mère l'a repoussé. Il a gémi. Comme
moi, il n'avait plus l'odeur de sa famille. J'ai fermé
les yeux en regrettant de tout mon cœur de
l'avoir pris. Quand j'ai rouvert les yeux, sa mère le
léchait. Mon père m'a serrée contre lui en souriant.

À l'arrivée de la neige, manger était devenu plus
facile. Même si j'étais toujours heureuse de partager
mon *muktuk* avec le chiot, je gardais le *pipsi* pour
moi. J'avais retrouvé l'odeur de ma famille et j'aidais
souvent mon père avec les chiens.

Un jour, mon père m'a proposé de l'accompagner
à la chasse. J'étais aux anges! J'adorais voyager en
traîneau à chiens.

Nous étions loin dans la toundra quand il m'a demandé :

— Olemaun, connais-tu les ordres à donner?

— Oui, ai-je dit avec assurance. *Gee* veut dire
à droite, et *haw* à gauche.

Il a ri, est descendu et m'a laissée conduire. Les chiens
couraient vite et mon cœur battait à grands coups.

— *Haw!* ai-je lancé avec excitation.

Je voulais éviter l'étang sur la gauche. Mais j'avais mélangé
les ordres. Les chiens se sont dirigés vers l'étang!

— *Gee! Gee!* ai-je crié.

Les chiens ont tourné brusquement à droite.

— *Haw! Haw!* ai-je crié.

Ils ont tourné si vite à gauche
que j'ai failli tomber du traîneau.

Paniquée, j'ai répété :

— *Haw! Haw!*

La file de chiens a formé une boucle serrée,
qui s'est immobilisée peu à peu.

— Bravo, Olemaun! a lancé mon père.

En revenant chez nous, j'étais fière d'être debout sur les patins devant lui. Je crois qu'il était fier, lui aussi. Il m'a souvent laissée conduire par la suite.

Le matin de Noël, je me suis réveillée en sentant l'odeur de la bannique. Mon père s'est assis avec plusieurs cadeaux, comme le père Noël. Il a donné un train à mon frère et des poupées de porcelaine à mes sœurs. Il n'y avait rien pour moi.

J'ai pleuré. J'avais fait tant d'efforts, mais je n'avais toujours pas repris ma place.

— Qu'est-ce que tu as? a demandé mon père.

— Je voulais une poupée, ai-je répondu en sanglotant.

— Je croyais que tu étais trop grande pour les poupées,
a-t-il dit en souriant. Tu n'es peut-être pas assez grande
pour avoir ton propre traîneau...

— Mon traîneau?

J'ai couru dehors et j'ai vu
six chiens attelés à un nouveau
traîneau. J'y suis montée et j'ai
conduit dans toute la ville à la
lueur des aurores boréales.
Je suis passée devant Agnès
et sa mère. À une telle vitesse,
je ne pouvais pas voir leur
expression, mais elles m'ont
fait signe en poussant des cris
d'encouragement!

En revenant chez moi, j'ai vu que mon père avait
attelé son propre traîneau, où mon frère et mes
sœurs étaient installés. J'ai ralenti pour laisser
ma mère monter sur les patins derrière moi.
Mes larmes gelaient sur mes cils.

Pendant que nous filions à toute vitesse
comme une volée d'oiseaux, j'ai entendu
la voix de ma mère :

— Ma fille! a-t-elle crié fièrement.

Et les oiseaux se sont envolés de nouveau
dans mon cœur.

Dédicaces

Pour mes trois petites
inspirations. Et pour
Marty Simon et Debra
Grant, deux belles
âmes qui ont créé
des endroits sûrs
pour guérir.
— Christy

Pour tous les enfants
qui tentent toujours
de rentrer chez eux.
Puissiez-vous découvrir
une façon de laisser
l'obscurité derrière
vous pour aller vers
la lumière.
— Margaret

Pour mes enfants.
— Gabrielle

Catalogage avant publication de Bibliothèque et Archives Canada

Titre: Où est ma fille? / Christy Jordan-Fenton et Margaret Pokiak-Fenton;
illustrations de Gabrielle Grimard; texte français d'Isabelle Allard.
Autres titres: Not my girl. Français
Noms: Jordan-Fenton, Christy, auteur. | Pokiak-Fenton, Margaret-Olemaun, 1936- auteur. |
Grimard, Gabrielle, 1975- illustrateur.
Description: Traduction de : Not my girl.
Identifiants: Canadiana 20210373903 | ISBN 9781443196567 (couverture souple)
Vedettes-matière: RVM: Pokiak-Fenton, Margaret-Olemaun, 1936-—Enfance et jeunesse—
Ouvrages pour la jeunesse. | RVM: Internats pour Inuits—Canada—Ouvrages pour la
jeunesse. | RVM: Inuits—Acculturation—Canada—Ouvrages pour la jeunesse.
| RVM: Femmes inuites—Biographies—Ouvrages pour
la jeunesse. | RVMGF: Biographies. | RVMGF: Documents pour la jeunesse.
Classification: LCC E96.5 .J652214 2022 | CDD j371.829/9712071—dc23

Version anglaise publiée initialement en Amérique du Nord en 2014
par Annick Press Ltd. sous le titre *Not My Girl.*

Édition publiée par les Éditions Scholastic, 604, rue King Ouest,
Toronto (Ontario) M5V 1E1, Canada.

5 4 3 2 1   Imprimé au Canada   119   22 23 24 25 26

Conception graphique : Natalie Olsen/Kisscut Design